Para mi Louis, con todo mi amor.
LOUFANE

Título original: *Een wolf in zijn blootje*
Editor original: Clavis Uitgeverij, Hasselt — Amsterdam — New York
www.clavisbooks.com
Texto: Thierry Robberecht
Ilustraciones: Loufane

Traducción: Equipo editorial

1ª edición Abril 2017

© 2017 by Ediciones Urano, S.A.U.
Aribau, 142 pral. — 08036 Barcelona
www.edicionesurano.com
www.uranito.com

ISBN: 978-84-16773-27-5
E-ISBN: 978-84-16990-03-0
Depósito legal: B-5.426-2017

Fotocomposición: Ediciones Urano, S.A.U.

Impreso por: Gráficas Estella, S.A.
Carretera de Estella a Tafalla, km 2 — 31200 Estella (Navarra)

Impreso en España — *Printed in Spain*

Thierry Robberecht y Loufane

EL LOBO
desnudo

Uranito

Argentina • Chile • Colombia • España
Estados Unidos • México • Perú • Uruguay • Venezuela

En un bosque no muy lejano, vivía un lobo
que se vestía impecablemente.

Era enorme y de aspecto feroz.
Tenía el pelaje negro, los dientes blancos y relucientes.
Todos los animales del bosque le tenían miedo,
pero a la vez reconocían que nunca habían visto
un lobo más elegante.

Un día, mientras el lobo perseguía a una oveja,
se le enganchó el pelaje en una rama y...
¡RASSSS! ¡El traje que tanto adoraba quedó enganchado en el árbol!

En ese momento, el lobo no se dio cuenta,
pero cuando quiso abalanzarse sobre la pobre ovejita,
vio que estaba hecho un desastre.

¡Oh no! Su traje de pelo
estaba todo estropeado.
¡Qué horror!
¡Se había quedado desnudo!
Se le veía la piel color rosa bebé...
¡Parecía un cerdito!

Enseguida se escabulló con el rabo entre las patas.
Y se escondió en lo más profundo del bosque,
donde nadie pudiese verlo.

Es increíblemente difícil ser un temible lobo
cuando pareces un cerdito rosado.
El pobre infeliz se sentía solo y triste.

Intentó arreglarlo haciéndose un traje de hojas,
pero le quedaba realmente ridículo
y las hojas se le fueron cayendo con el viento.

Todos los otros lobos se reían de él.
Ahora incluso las ovejas soltaban risitas
al verlo pasar.

«¿Cómo voy a cazar ovejas si se ríen de mí?».
El lobo se deslizó a escondidas de arbusto en arbusto,
corriendo de árbol en árbol.
¡Tenía que encontrar una solución a toda costa!

De pronto, el lobo recordó que en el linde del bosque
vivía una costurera. Una mañana temprano,
antes de que los demás animales se despertasen,
corrió hasta su casa.
Avergonzado, llamó a la puerta y susurró:
—¡Por favor, abra! ¡Vengo a encargarle un traje nuevo!

La costurera hizo pasar al lobo enseguida.
Ella y sus ayudantes, asustadas,
le tomaron las medidas.
—¿Y qué color tenía en mente, señor lobo?

—Negro como la noche y que brille a la luz de la luna,
si puede ser.
Juntos eligieron una piel suave como la seda.
—Muy bien. Vuelva dentro de tres días para probárselo.

Cuando se fue el lobo, las amigas
de la costurera entraron corriendo en la casita.
—¡Oye! ¿No irás a hacerle un traje al lobo?
¡En cuanto esté listo, te comerá!
Y, además, ¿cómo crees que te pagará?

Tres días más tarde, el lobo, con elegancia
(aunque todavía desnudo), volvió.
La costurera comenzó con las mangas y los pantalones.
—¿Qué tal? ¿No le aprieta?
—No, señora, está perfecto —respondió el lobo, educado.

Cada vez que la costurera se acercaba
a las fauces del lobo, se le ponía la piel de gallina.
¡Qué dientes tan afilados! ¡Y qué boca tan grande!

Cuando el lobo estuvo totalmente vestido,
la costurera y sus ayudantes dieron un paso atrás
para mirarlo bien.
¡Estaba fenomenal! El traje le quedaba como un guante.
Nunca habían visto un lobo tan guapo y elegante.
Lo malo es que ahora todos volvían a tenerle miedo…

El lobo se agachó y susurró a la costurera al oído:
—¡No tema! Usted me ayudó cuando no tenía ropa
y todo el mundo se reía de mí. No me la comería nunca.

—Y dígame: ¿cómo puedo pagarle este estupendo traje?
—Pueees... vuelva mañana con una cesta llena de setas
del bosque —respondió la costurera—.
Y le explicaré cómo debe pagarme.

Al día siguiente,
como habían acordado,
el lobo volvió con una cesta
repleta de setas del bosque
que había recogido para ella.
La costurera tenía huevos
frescos e hizo con las setas
una deliciosa tortilla.

—A partir de hoy —dijo la costurera con firmeza— no comerá nada
más que las tortillas que yo le haga. Se acabó la carne, ¿me oye?
Así es como me pagará el traje.

—¡Prometido! —exclamó el lobo al instante.

—¡Muy bien! —dijo alegre la costurera—. Y acuérdese siempre
de atarse bien el babero, no vaya a mancharse el traje…